D1702825

Vertrautes Land / Vertraute Leut

Joseph Maria Lutz

Vertrautes Land
Vertraute Leut

VERLAG W. LUDWIG
PFAFFENHOFEN/ILM

Umschlagentwurf: Leo Gehra, München

2. Auflage 1977
ISBN 3-7787-3079-7

© 1968 Verlag W. Ludwig, Pfaffenhofen/Ilm
Satz und Druck: Ilmgaudruckerei Pfaffenhofen/Ilm
Printed in Germany
Nachdruck, auch auszugsweise, nur mit Genehmigung des Verlages

Der Amselmoo

Im Garten draußd a Amselmoo,
der is a bißl gar z' früah droo.
Er hockt am Astl, blast si auf
und setzt pfei'grad a Liadl drauf,
an Quintenlauf und dann a Terz,
als waarn mir mitt'n scho im März.
Sei Frau draht 's Köpferl voller Freud,
als fragat s': Is's denn scho soweit?
Sie putzt si d' Federl, wia im Traam
und fliagt zu eahm nauf auf'n Baam.
So hocka s' da und schaugn si oo,
die Amselfrau den Amselmoo,
der Amselmoo die Amselfrau;
der Himmel aber hängt no grau,
nix deut' auf Sunna und auf März
als bloß dem Amselmoo sei Herz. —
I nimm mir draus de guate Lehr:
a Optimismus g'hört scho her,
sunst taat's im Gart'n und im Lebn
vielleicht gar nia a Früahjahr gebn.
Dersell hat's leichter, der begreift,
's Glück will, daß ma eahm diamal pfeift.
Und kimmt's net glei, laß dir nur Zeit,
auf oamal spannst, jetzt is's soweit.
Und moanst, du kunnst es net derwart'n,
mach's wia der Amselmoo im Gart'n.

Im März

Jetzt werd's de Haserl warm ums Herz,
und a jed's Graserl g'spürt den März.
Im Imp'nstock, de Königin,
de hat bloß's Eierlegn im Sinn;
der Starl hockt z'höchst auf seim Haus
und singt und pfeift an Winter naus;
a Schmetterling is aa scho wach,
der fliagt der warma Sunna nach;
de ersten Krokus san scho da,
d' Nußheck'n staubt a Gloria;
a Humml laßt an Brummla hörn,
de Orgl hab i gar so gern.
In jeder Heck'n und im Gras,
da wischbert was und zwischbert was,
da raschbit's hint und graschbit's g'schwind —
die Sunna scheint halt gar so lind.
In jedem Stoa schlagt no a Herz
und will sei bisserl Glück im März.

Es is halt März!

Jetzt waht a andrer Wind ums Haus,
im Gart'n spitz'n d' Krokus raus,
und 's Leberbleamerl blüaht schö blau.
Der Amselmoo pfeift seiner Frau
und dir werd seltsam aa ums Herz —
es hilft dir nix, es is halt März!

A Lercherl singt, hoch überm Feld,
a Gockl kraht, a Goaßl schnellt;
de Roß geht's grad aso wia dir,
sie legn si' lustiger ins G'schirr.
Wennst juhschrein muaßt, na tua's, jetzt g'hörts —
es hilft dir nix, es is halt März!

Im Haus drin, da geht's net schlecht zua,
da stöbern s', ninderscht hast dei Ruah.
D' Matratz'n, de wern außig'schutzt,
de Teppich klopft und d' Fenster putzt
und üb'rall pritschelt's, wischt's und kehrt's —
es hilft dir nix, es is halt März!

D' Nußheck'n staubt vor lauter Blüah,
d' Luft schmeckt nach Veicherln und scho wia!
Auf d'Nacht ham's d' Madln wichti gnua,
am Gart'nzaun wart' scho der Bua,
und d' Katz'n plärrn vor Liebesschmerz —
es hilft dir nix, es is halt März!

Zum Josephitag

Joseph, dees is halt a Nama,
Joseph, dees macht no was her!
Als Joseph, da brauchst die net schama,
als Joseph, da bist oafach wer.

Und is wo a Joseph vorhand'n
und schreibt er sein Nama brav aus,
na woaß ma, der Moo, der is g'stand'n,
der taugt was im G'schäft und im Haus.

Und Pepperl erst, dees klingt so dantschi,
und is's no a Weibats dazua —
mit am Pepperl am Arm, da kannst di
scho überall sehgn lassn, Bua!

Und Sepp nacha, dees is a Patz'n,
der Sepp, der is durchaus solid.
Bloß derfst so an Sepp net z'viel tratz'n,
sunst woaß i net recht, was dir g'schieht. —

Der Joseph, der geht zum Salvata,
der Sepp schiaßt beim Fuaßball sei Tor,
der Pepperl werd grad wia der Vata,
d' Josepha steht am Haushalt guat vor.

Da ham ma de ganze Famili,
da gibt's nix und derf's aa nix gebn.
Schenkt's ei, an schön Schluck macha will i —
de Joseph solln allesamt lebn!

April

Heut hab i 's erste Blattl g'sehgn,
dees hat wo rausg'spitzt, ganz verwegn.
Und da kimmt oans und dort kimmt oans
und hint'n schiabt a ganz a kloans —
i hätt glei juhschrein mögn!

April is erst, i woaß's ja scho,
der regnt gern kalt und schneibt oft no,
der blast an Wind her, daß's di draht —
und na scheint d' Sunna, mäuserlstaad,
und sagt: 's Früahjahr kimmt do!

Der Wald, der wart' und 's Feld, dees traamt,
a Veicherl blüaht, daß's nix versaamt,
a Lercherl steigt pfei'grad in d' Höh,
und kaam jetzt wirkli no a Schnee,
den hätt' d' Sunn glei verraamt.

Dees is mir schier de liaba Zeit,
wenn alles sagt, glei is's soweit.
Und jeden Tag, da siehgt ma mehr,
d' Schleh-Heck'n blüaht bald, schaug no her —
Herrgott, is dees a Freud!

Am Waldrand hock' i auf der Strah
und schaug in d' Weit'n und in d' Nah.
A alter Baam steht windg'schützt wo
und blüaht nebn meiner, was er koo —
ja, gibt's denn so was aa?!

In seine Jahr no soviel G'fühl!
„Sag, Alter, werd's dir denn net z'viel?"
I tatsch'ln schö staad mit der Hand:
„Mei Liaba, bleib fei bei Verstand,
April is erst, April!"

Osterhas

Osterhas, Osterhas
bitt gar schö, leg mir was,
viel Oar zum Fest,
da is dei Nest.

Glei bei der Hollerstaudn,
derfst dir scho einer traun,
neamnd tuat dir was —
bitt schö, Herr Has!

Hint am Zaun is a Loch,
woaßt's eh von früher noch,
da kimmst leicht rei,
siehgst, da geht's fei.

Mit a paar Has'nsprüng
bist glei im Nestl drin,
d' Haustür is zua,
da hast dei Ruah.

Wenn der Hund meld'n taat
oder der Gockl kraht,
da liegt nix droo,
laaf net davo!

Osterhas, an schön Gruaß,
sei do koa Hasenfuaß,
trau dir halt rum,
sei net so dumm!

Siehgst, i wenn legn kunnt,
scheuchat koan Kett'nhund
und a koan Hahnaschrei,
i legat glei.

Osterhas, Osterhas,
bitt gar schö, leg mir was
in mei schöns Nest —
leg aber fest!

Der letzt' Schnee

A Schneehaufa liegt in am Hohlwegerl drin,
der hat halt no allerweil 's Dableibn im Sinn.
De Vögl, de ham eahm vom Früahjahr verzählt
und wia schö daß 's da is und wia lusti die Welt;
koan Hunger gibt's mehr, koa Kält'n, koa Eis,
und alles is grea, bloß de Blüah, de is weiß.
Und de Baam, de ham Blattln und net g'starre Äst,
und d' Sunna scheint warm und dees is dees best.

Dees Früahjahr, dees möcht halt der Schneehaufa sehgn,
und drum is er jetzt no im Hohlwegerl g'legn.
Es werd eahm so seltsam, halb glückli, halb weh,
und neba eahm siehgt er a Schneeglöckerl steh',
dees schüttelt sei Köpferl und reckt si und läut';
der Schneehaufa woaß net recht, was dees bedeut'.
Eahm macht dees warm Lüfterl viel eher a Müah,
und d' Schleh-Heck'n über eahm kimmt bald in d' Blüah,
und 's Gras wachst nebn seiner, und d' Baam, de schlagn
                                                        aus,
und d' Vögl, de singa und fliagn in oan Saus.

Der Schneehaufa denkt eahm: iatzt waar's wunderschö,
aber 's Junge schiabt nach und 's Alte muaß geh. —
Da woant er a weni, de Sunn macht eahm Not;
allweil weniger werd er, na sagt er: Pfüa God. —
Es gluckertst a bißl und nacha is's gar —
und a Veicherl blüaht, wo der Schneehaufa war.

Der Maibaum

Burschen, laßt's an Juhschroa hörn
und werft's 's Hüatl auf,
bis auf Minka nei müaßt's plärrn
und auf d' Zugspitz nauf.

Alles blüaht und schiaßt in d' Höh',
seid's denn alle blind?
's Lebn muaß allweil weitergeh,
Leut, bleibt's do net hint!

's Trüabsalblas'n hat koan Wert,
da geht nix voroo;
wenn die Welt bloß Jammern hört,
glaabt s' glei selber droo.

Drum werd jetzt der Maibaam g'richt
und ins Dorf nei pflanzt —
alls hat glei a anders G'sicht,
wenn ma lacht und tanzt.

Wia-r-a dasteht, kerzengrad!
Der kriagt 's G'riß und 's G'schau,
und am höchsten Gipfi waht
's Fahndl, weiß und blau.

Bayernlandl, hoch sollst lebn,
Berg und Tal und Feld!
Werd ja do koa schöners gebn
auf der ganz'n Welt!

Leut, denkt's droo, bleibt's auf der Höh,
wia's der Maibaam tuat.
Z'sammahalt'n, z'sammasteh!
Auf geht's! Waar scho guat!

D' Muattergottes in der Kerschenblüah

D' Muattergottes in der Kerschenblüah,
im Nischerl an der Wand,
heut lacht 's a bisserl, kimmt's mir vür,
heut g'fallts ihr auf'm Land.

No ja, daß's d' Leut voll Hoffnung macht,
dees Blüahn auf dera Welt,
erst gestern in der Maiandacht,
da ham sie's ihr verzählt.

Sie denkt an ihre Madlzeit,
es is ihr wia-r-a Traam,
a Schrecka und a Seligkeit —
so engelweiß san d' Baam.

Als gaang der Traam no allweil zua
vom sellern Engelswort,
kimmt jetzt der Nachbarin sei Bua
und spielt beim Kerschbaam dort.

Er grabt im Sand und baut a Gschloß
und werkelt voller Muat.
D' Maria denkt eahm: is er groß,
waar scho a Häusl guat.

Jetzt aber werd's ihr do fast z' bunt,
jetzt nimmt er gar an Stoa
und schmeißt'n auf an groß'n Hund —
der werd eahm do nix toa!

Und da, da reißt er Pflanzerl aus
vom junga Kopfsalat.
Ja, is denn gar koa Mensch im Haus,
der wo eahm abwehrn taat!

Im Haus, da is's halt aa a Müah
und geht net aus dees G'frett;
erst heut, da ham sie's in der Früah
ihr in der Kircha bet't. —

Beim Wagner drunt is d' Muatter krank —
d' Schmied Urschl braucht an Moo —
beim Bäck ham s' Schulden auf der Bank,
daß's kaam mehr umgeh koo. —

Sie bitt' fürs Dorf und bitt' fürs Land,
was muaß sie alles hörn!
Es is a recht a Kreuz beinand
und gar so viel Beschwern.

So schaugt s' und denkt s' halt, spat und früah,
im Nischerl drin verborgn.
D' Muattergottes in der Kerschenblüah
hat aa no ihre Sorgn.

Schlaf, mei Kindl

Schlaf, mei Kindl, iatzt schlaf ei',
bist heut glaffa gnua;
is dei kloana Tag vorbei,
so — i deck di zua.

Bei der Nacht, dees hoamli Lebn,
wischpert, schleicht und kriacht.
Hab i dir an Weihbrunn gebn,
daß dir ja nix g'schiacht.

Hinterm Haus, der Hollerbaam,
is a großer Moo.
Hab koa Angst davor im Traam,
hat no koam was too.

Und der Wind geht aa vorbei,
hörst'n, wia-r-a plauscht?
Kunnt vielleicht a Engl sei,
der mi'm Flügl rauscht.

D' Pupp'n auf'm Fensterbrett,
der is gar net bang.
Wett' ma was, de fürcht si net!?
Siehgst, de schlaft scho lang.

Schlaf, mei Kindl, schlaf recht guat,
gib mir no dei Hand.
Woaßt no net, wia's Kümmern tuat
über Haus und Land.

Da: im Mond- und Sternaschei,
schaug no grad de Pracht,
kimmt der Herrgott zu dir rei
und sagt aa: Guat Nacht!

Der Föhnwind

Leutl, heut waht der Föhnwind ums Haus —
blast er schö, poust er scho, laßt er net aus?
Lust's no, heut will euch der Föhnwind was sagn,
müaßts'n bloß, dürfts'n bloß richti ausfragn.
Sagt er, er will uns den Winter austreibn,
fragt er, wo de ersten Schneeglöckerl bleibn?
Kracht er und macht er de Buam frisch'n Muat,
lacht er und moant's aa de Madln recht guat.
Wischbert er, zwischbert er hoamliche Ding,
überall is er, nix is eahm z' g'ring.
Fludert er, kudert er hi übers Dach,
d'Berg san eahm z'nieder, koa Wand is eahm z'gach,
saust er und pfaust er und draht si und kraht,
schaugt's no grad auf, daß er neamad verwaht!

Leutl, der Föhnwind, der hat halt a Kraft,
weil er de Felder 's Wachstum ooschafft,
weil er dem Auswärts a Türl aufreißt
und de groß Kält'n zum Land außaschmeißt.
Blas no, Herr Föhnwind, saus no dein Braus,
's Hantisei, 's Grantisei, treib der Welt aus!

Mond überm Dorf

Der Mond steht klar am Himmi,
der Wind plauscht mit de Baam,
beim Postwirt drunt, der Schimmi,
der scharrt und schnauft im Traam.

D' Turmuhr schlagt langsam zehni
und summt a Zeitlang nach;
es wedaleucht a weni
beim Hügl enterm Bach.

Am Friedhof drent, de Stoana,
san wia-r-a Herd'n Schaf.
Der Kirchturm, kunnt ma moana,
der hüat' jetzt eahnern Schlaf.

Wia staad, daß s' z'sammaloahna,
daß ja koam ebbas g'schiacht.
De Nama auf de Stoana,
de stehnga ganz im Liacht.

Jetzt blüaht der Hollerbaam

Jetzt blüaht der Hollerbaam,
Deandl, was sagst?
Jetzt blüaht der Hollerbaam,
sag's, wennst mi magst.

D' Welt is so wunderschö,
jetzat waar's Zeit:
derf i mit deiner geh —
sag's, wenn's di g'freut.

Bei der Nacht glanz'n d' Stern
wia deine Augn.
Deandl, i hab di gern,
du taatst ma taugn.

D' Liab is als wia-r-a Traam
und schwaar is s' aa.
Jetzt blüaht der Hollerbaam —
Deandl, sag ja!

I hab mei Herz verlorn

I hab mei Herz verlorn,
suach's vorn und hint'n —
heiliger Antonius,
geh, hilf ma's find'n!

Hab i's leicht z'nacht verlegt
an demseln Fleckerl,
wo mi zwoa Augn derschreckt
und helle Löckerl?

Oder liegt's vielleicht drent
bei dem kloan Häuserl,
wo de schwarz Marie rennt,
flink wia-r-a Mäuserl?

Kunnt's leicht am Berg drobn sei
unter de Latsch'n?
Müaßt i zur Zenzl glei
auf d' Alm nauf hatsch'n.

I suach de ganze Zeit —
vielleicht hat's d' Lene?
Es gibt z'viel Weiberleut
und zumal schöne!

Herrgott, is dees a G'frett,
was soll i macha?
I find mei Herz halt net,
und d' Madeln lacha!

I selm kimm nimmer z' Schuß,
konn's net dergründ'n.
Heiliger Antonius,
geh, hilf ma's find'n!

So san mir

An Kopf voller Fax'n
und 's G'müat voller Schneid,
auf bergzaache Hax'n
kreuzbrave Leut —

Am Hüatl a Feder,
a jagerisch's G'schau,
a Hos'n aus Leder
und 's Fahndl weiß-blau —

A buidsaubers G'wandl
und nackerte Knia,
und treu unserm Landl —
siehgst, so san mir!

Sommermittag

Jetzt halt der Summa Mittagsruah,
er liegt und schlaft im Gras.
A Hummi brummelt wo dazua —
i glaab, es traamt eahm was.

A Kornfeld loahnt si zu eahm hi,
wia an sein Vattan 's Kind.
Dees g'spürt er und da g'freut er si
und schnauft so lüfterllind.

Der Himmi spannt si blau und staad,
a Grilln geigt wo im Feld,
a Glockn schlagt, a Gockl kraht,
sunst hörst nix von der Welt.

Und ebbas stroaft di hoamli fei
als wia-r-a guate Hand.
I glaab, der Herrgott geht vorbei —
's Korn noagt si tiaf im Land.

Vor dem Gewitter

Koa Vogl mag mehr pfeifa,
d' Luft zittert in der Stilln,
du moanst, du kunnst as greifa,
ganz oaschicht geigt a Grilln.

's Kornfeld loahnt müad am Hügl,
koa Halmerl traut si wiagn,
koa Schmetterling rührt d' Flügl,
es surrn und stecha d' Fliagn.

Und z'weitest in der Weit'n
liegt d'Hitz als wia-r-a Trud.
Jatzt tean s' wo Wedaläut'n,
„Der Herr schützt Hab und Gut!"

Da macht der Wind an Wischer
und 's Korn fahrt heiser auf;
a Vogl tuat an Zischer
und schiaßt zun Hügl nauf.

Es werd wia in der Liacht'n,
a erster Dunner hallt.
Großmächti, glei zun Fürcht'n,
steht schwarz und staad der Wald.

Die „Brennad Liab"

Blüaht die „Brennad Liab" vorm Haus,
woaßt, was dees bedeut'?
Madl, kimm a bißl raus,
Madl, geh, sei g'scheit!

Mach ma no an kloana Weg,
bist ja do de mei;
leucht' der Mond an liacht'n Steg
grad in 'n Himmi nei.

's Lebn is kurz und 's Lebn is schö
und scho so viel guat;
Deandl, bleib a bißl steh —
g'spürst, wia's Jungsei tuat?

In der Nah und in der Fern
is der hoamli Schei
und der Himmi voller Stern,
der g'hört mei und dei.

Und was hell is und was trüab,
kennst kaam ausanand.
Vorm Haus die „Brennad Liab"
farbt dees ganze Land.

Und 's Bauernmadl lacht

Der Tag war a zaacha,
endli läuten s' Gebet —
's Bauernmadl muaß lacha,
weil der Knecht vor eahm geht.

Der reit' jetzt zun Schwemma
seine Rösser in'n Bach —
er werd bald wieder kemma,
's Bauernmadl lacht eahm nach.

Jetzt wischpern no Blattl
und d' Frösch gebn koa Ruah;
an der Haustür loahnt 's Madl
und lust eahna zua.

Und hockt überm Stadl
de kohlschwarze Nacht,
schleicht der Knecht zu seim Madl —
und 's Bauernmadl lacht . . .

Der Stoa

I wollt, i waar nix wia-r-a Stoa
und staand wo auf der Höh;
i braucht den ganz'n Tag nix toa
wia da sei — dees waar schö!

Koa Rumg'renn gaab's, koa Rührn — sogar
mi wasch'n taat's net gebn.
I hätt mei Ruah glei tausad Jahr —
Herrgott, waar dees a Lebn!

(Nach einem schottischen Volkslied)

A Zithern spielt

I geh auf d' Nacht durchs Dorf mein Gang,
da hör i wo an Zithernklang.
I horch und bleib a Zeitlang steh,
da konn i nimmer weitergeh.

Da drent am Bankerl vorm Haus,
da redt a Hoamatherz si' aus.
Sei Load, sei Glück und sei Sinniern,
alls liegt da drin und konnst es g'spürn.

Was staad der Wind rauscht in de Baam,
was d'Berg verzähln auf d' Nacht im Traam,
was 's Bacherl gluckert, 's Bleamerl blüaht,
da drent am Bankerl werd's a Liad.

Was muaß ma oft für Musi hörn,
was hört ma oft für Schlager plärrn;
da drent, de schwaare Bauernhand,
de spielt an Segn her übers Land.

A so a G'spiel gibt Trost und Ruah,
da hört der Herrgott selber zua,
da summt er mit, dees hat er gern.
Hoch überm Dörferl glanz'n d' Stern.

Am Grabe Ludwig Thomas

I möcht dir gern ebbas Liabs ootoa
und is mir nix Rechts bekannt.
Jetzt will i halt auf dein kalt'n Stoa
hi'legn mei warme Hand.

Da waar i also und grüaß di schö,
kunnt sei, daß di so was g'freut.
Und d' Sunna scheint, und es glanzt der See
und die Luft is so klar und weit.

Und 's Land steht wieder, was aa verlorn,
und dei G'schrift, de wacht wunderbar.
Du bist erst richti der Unser worn
und viel is uns jetzt erst klar.

Und siahgt ma ebba wo oan geh
und sagt ma-r-a Wartl vo dir,
na werd er trauri und bleibt steh:
„Der Thoma, und gar so früah!"

I möcht dir gern ebbas Liabs ootoa
und tua dir vielleicht no weh.
Aber d'Leutln san halt recht alloa,
seitst furt bist vo Tegernsee.

Und die Berg san da, und der Wald geht her,
und ma steigt mit seiner Büchs
und moant halt oft no, du kaamst daher —
a Astl rührt si, sunst nix.

I red halt und hab's net besser g'wüßt,
und „Vergelt's Gott", sag i dir aa.
„Vater unser, der du bist . . ."
Ludwigl, waarst halt da!

Sankt Ägidius

Am ersten September, Ägidius,
der hilft de Jaager schö zum Schuß.
Der schaugt auf der Jagd für an recht guat'n Wind,
der allweil vo vorn blast und net von hint;
der sorgt auf'm Anstand und bei der Pirsch,
daß d' nix verpatzt, und bist d u der Hirsch.
De alt'n Weiber, wo Unglück bedeut'n,
de raamt er dir aus'm Weg beizeit'n,
und de junga, de laßt er gar net in'n Wald —
er moant dir's guat, und er kennt di halt.
Mi'm heilin Ägidi und a richtigen Büchs,
da konnst auf d' Jagd geh, da feit dir nix.
Drum, wenn im September d' Hochjagd aufgeht,
vergiß fei den heilin Ägidi net.
Der is für d' Jaager doppelt viel wert,
weil er aa zu de vierzehn Nothelfer g'hört.
Auf so an Moo konn ma baun und hoffa.
Und hättst na wirkli amal nix troffa,
und kimmt dir aus der greane Bruch,
na woaß der Ägidi als Trost no an Spruch.
Den setz i de Jaager jetzt her zum Schluß,
der is guat zum Aufsagn glei nach'm Schuß:
Dees Schiaß'n macht jedem a große Freud,
triffst was, na freut's di, triffst nix, na freut's d' Leut.

Der alte Baam

I hab an alten Zwetschgenbaam,
oft moan i, lang dermacht er's kaam.
Der Winter konn eahm greißli oo
und a paar Astl fehln eahm scho.
Im Früahjahr aber, kimmt's ins Land,
da is er wieder guat beinand,
da schlägt er aus und gibt si' Müah
und jeden Mai steht er in Blüah.
Und gar im Herbst, da is sei Zeit,
da tragt er Zwetschgen, daß 's a Freud. —
Der alte Baam im Herbst und Mai,
der, moan i, kunnt a Vorbild sei'.
So wurzelfest im Leben steh',
im Alter blüahn, wie eh und je
und aa no' Frucht tragn, reif und still,
so lang's der liabe Herrgott will —
is dees net schö?

September

Auf de Telegraphendräht
sammeln scho d' Starl;
da woaßt, daß hoamzua geht
wieder a Jahrl.

Unter de Äpfibaam,
drentn im Gart'n
klaubn d' Kinder d' Äpfi z'samm,
könna's kaam derwart'n.

D' Sunna moant's aa no guat;
will uns halt tröst'n,
wenn 's jetzt bald staader tuat
auf uns're Köst'n.

Draußt im Wald, 's Heidekraut,
blüaht no ganz prächti.
Wenn ma de Pracht ooschaut,
werd ma bedächti.

Alls geht schö staad davoo,
d' Baam wern scho gelber.
's is halt im Lebn aso,
wißt's es ja selber.

Altweibersommer

Spinnafadn, silberklar,
fliagn umanand;
d' Felder kriagn graue Haar
und alt werd 's Land.

Wenn aa no d' Sunna lockt,
diamal, bal s' mag,
und ma gern draußn hockt
unter Mittag —

Es is net 's Rechte mehr,
d' Berg ziahgn si zua,
der Wind wachelt d' Blattln her,
alls möcht sei Ruah.

Altweibersumma is,
da woaßt as eh,
z'erscht kimmt der Rheumatis,
nacha der Schnee.

Heut hockst no da vorm Haus,
morgn hast dei Not;
d' Füaß tean weh, alls laßt aus —
Summa, pfüa God!

Herbst

Jetzt traama scho de Bichl
vom Herbst und von der Ruah.
A oaschicht's Wiesmahd-G'rüchl
waht staad am Feirabend zua.

D' Berg stehnga da, großmächti,
und san so graab und alt;
a Nebi ziehgt verdächti
und macht scho feucht und kalt.

Es is, als ob no oana
mit deiner gaangat mit,
es siahgt'n freili koana,
du mirkst'n bloß am Schritt.

A Baam is g'stand'n, prächti,
den hat er heut nacht g'lupft;
a Blattl fallt bedächti,
dees hat er abizupft.

A Glockenbleami zittert
und druckt si hart an'n Stoa;
a Häher hat'n g'wittert,
fliagt auf und tuat an Schroa!

So gehnga ma mitnander
und führn a ernste Red,
i und der staade Ander —
im Dorf drunt läut's Gebet.

Oktoberwind

Wia jetzt der narrisch Oktoberwind
fludert und juchazt und pfeift;
wia-r-a de g'schaamigen Madln g'schwind
d' Röck blaht und d' Wadln abgreift —

Wia-r-a de alt'n Mannerleut plagt
und eahna d' Hüat abizarrt,
wia-r-a s' na hinterher nachijagt,
dees is do wirkli koa Art!

Narrischer Wind, geh, gib do an Ruah,
laß deine Grobheit'n bleibn.
Gibt ja aso scho Lackl grad gnua,
de lauter Unband treibn.

Blas a weng staader, sing d' Felder schö ei',
tua der kloan Saat nomal schö;
werd ja aso 's letzte Wachstum sei
bis alles schlaft unterm Schnee.

De letztn Blattl, stroaf s' do schö lind,
reiß' s' net so grob von de Baam!
Narrischer, wilder Oktoberwind,
werst do a Ei'sechats ham!

Bauernkirta

Bursch'n, laßt's an Juhschroa hörn
und werft's 's Hüatl auf.
Bis auf Minka nei müaßt's plärrn
und auf d' Zugspitz nauf!

's Kirtafahndl hängt scho raus,
d' Sau is aa scho g'schlacht.
Heut, da gibt's an guatn Schmaus
auf die Nacht.

Madl mit dei'm Jungfernkranz,
g'stell di net aso,
geh mit mir zum Kirtatanz,
brauchst ja do an Moo.

Mit deselln vo Gradlham
rechan mir heut a',
wo de insern Madl ham,
Herrgottsa!

Oamal braucht's do aa an G'spaß
für a Bauernleut —
trink' ma no a frische Maß,
waar net g'feiht.

Kirta is, da g'freun mir ins,
da geht heut was drauf.
Eßt's no grod, was's fress'n kinnt's
und spielt's auf!

Er kommt besoffen heim

Gel, Alte, i hab fei koan Rausch,
dees muaßt net glaabn vo meiner.
I hab koan Rausch, i bin net schuld —
schuld is der buckelt Schreiner.

Dersell hat nia nix G'scheit's im Sinn,
der sauft wia unser Rappi.
Is guat, daß i beim Schreiner bin,
der saufat si no dappi.

Und daß i halt so drecki bi',
dees, Alte, muaßt vergess'n.
I waar ja net in Dreck nei'g'falln,
der Schreiner hat mi g'steß'n.

Und na mei Huat — wo is mei Huat?
Mir is's bloß wega deiner!
Wo is mei Huat? Jatzt dees is guat,
den hat g'wiß aa der Schreiner.

Und 's Löcherl in der Hos'n drin,
es san scho etli Löcher —
i glaab, de Hos'n, de is hin!
De muaß der Schreiner blecha!

Der werd scho schaugn, den bal i kriag,
der zahlt, da gibt's koan Zweifi.
Und, Alte, schaug, daß i net lüag,
mei Geld is aa beim Teifi.

Bei mir, da fehlt si durchaus nix,
da brauchst net plärrn und greina.
Dees muaßt do sehgn, de ganze Wichs
kimmt bloß vom Rausch vom Schreina.

Kirta

Der Himmi is schö weiß und blau,
de Baam san gelb und rot;
bloß uns'ra guat'n Kirtasau,
der is koa Schroa mehr not.

Am Kirchturm waachelt 's Fahndl scho,
heut soll's uns an nix fehln —
danach, da zünd' ma d' Liachtln oo
und feiern Allerseeln.

A richtigs G'müat muaß alls versteh,
gibt Lebn und Tod sei Recht.
Heut aber is no 's Lebn schö
und dees net schlecht!

Der Herbst geht durchs Land

Vor meiner geht a alter Moo
schö staad dahi sein Weg;
er schaugt no a jeds Bleami oo
und 's Wasser unterm Steg.

Dees rinnt dahi, bald trüab, bald klar,
und Blattln schwimma drauf,
als waarn s' de alt'n Tag vom Jahr,
de halt koa Mensch mehr auf.

Der alte Moo geht wieder zua;
so still werd's überalln.
Der Himmi graab, und 's Land voll Ruah,
und d' Blattln falln und falln.

Der Alte stützt am Stock sei Hand,
grad daß er si derhebt.
I moa, da geht der Herbst durchs Land,
so, wia-r-a leibt und lebt.

Der alte Bauer klagt um sein Weib

Sie war a guate Hauserin
und so a handsams Wei' —
und iatzt liegt s' in der Trucha drin
und moring grabn sie s' ei.

Den ganzen Tag lang muaß i hean,
ös müaßt's es scho verlaabn.
Du lieber Gott, was werd dees wern,
i konn's no gar net glaabn.

Und redt ma sunst aa net gar z'viel
und arbat so dahi —
iatzt is halt 's Haus so totenstill
und üb'rall fehlt halt sie.

Mir san de Füaß wia Blei so schwaar
und 's Mäu is mir so sper,
im Kopf is alls so dumm und laar,
i bi schier garneamnd mehr.

Dees is a Kreuz, du liaber Gott,
i konn's koam Menschen sagn.
Mei Hauserin, und iatzt is s' tot —
wia wer i dees datragn.

Der alte Bauer redet mit unserm Herrgott

De Junga ham g'heirat,
i hab übergebn;
liaba Herrgott, i moanat,
laß mi nimmer z' lang lebn.

Hol mi schö staad in'n Himmi —
und da hätt' i a Bitt:
mei Roß, den alt'n Schimmi,
gel, den gibst mir scho mit.

Und mein Knecht, den alt'n Martl,
den tuast net z' weit weg;
und a Häusl und a Gartl,
und mein Ochs'n, an Scheck.

Und beileib net in d' Stadt nei,
i hätt' gar koa Gwand
wia de himmlischen Stadtleut —
i bi z'friedn auf'm Land.

Und am Werktag gibst ma Küachi,
bloß am Sunnta an Bratn;
und a G'selchts zu der Brotzeit,
dees kunnst wohl scho g'rat'n.

Und mein Spezi, an Dackl,
gel, den jagst ma net ra,
der schlappohrat Lackl,
der gaang ma fei a.

Und koan Hagl und koa Steuer,
liaba Herrgott, weis ma zua —
und mach 's Bier net gar z' teuer,
nacha g'freut mi d' ewi Ruah.

Letzte Rose

Wia war der Summa hoaß und gach,
und jetzt is alls so staad;
oa Blattl fallt dem andern nach,
ob schier koa Lüfterl waht.

A Ros'n blüaht no so schön rot,
oa Tagerl oder zwoa.
Sie schaugt mi oo und sagt: „Pfüa God,
bald laß i di alloa.

Na hoaßt's den Winter übersteh,
dees gilt für mi und di.
Gel, in der Kält'n und im Schnee,
da denkst a diam an mi.

Dees g'spür i drunt im Wurzelschlaf
und mir werd warm und hell,
als ob mi a weng Sunna traaf —
na traamt mei kloane Seel."

I schaug de Ros'n freundli oo
und buck mi zu ihr ra:
„Jetzt blüah nur a paar Tagerl no,
dann schlaf — i bi scho da."

November

Wia Milli rinnt's jetzt übers Feld,
der Hirgst melkt d' Nebi-Kuah;
an Regen hat er aa scho b'stellt,
den pantscht er nei dazua.

Der Wald, der woant am Summa nach,
da tröpfit's vo de Baam.
A Häher schreit auf oamal gach,
was werd er Seltsams ham?

A Elstern schaadert auf di her —
und na is alles staad.
Koa Blattl siehgst am Astl mehr,
der Wind hat's abig'waht.

November is a nasser Moo,
der hat gern an Katarrh;
paß auf, sunst hängt er'n dir no oo
und macht dir 's Schnaufa schwaar.

Geh hoam und gib jetzt aa a Ruah,
denk nach, was geht, was bleibt.
Waarm 's Gmüat auf und mach d' Laad'n zua,
daß's net ins Herz nei schneibt.

A Regentag

Heut is a trüaber Regentag,
daß gar koa Mensch vor 's Haus geh mag.
I schau an Baam durch 's Fenster oo.
Da hänga tausend Tröpferl droo.

Im milden Liacht, da glanzen 's heut
als hätt der Baam a Silberg'schmeid.
San aa die Zweigerl laar und kahl,
sie tragn heut Perlen auf amal.

Tiaf jagn die Wolken eahnern Tanz,
der Baam steht da in lauter Glanz.
Aa an am trüabn Tag voll Regn
gibt 's so viel Schöns — ma muaß 's bloß sehgn.

Kathrein stellt den Tanz ein

Heut, Musi, laß di nomal hörn,
ös Leutln tanzt's no g'schwind;
jetzt werd di Zeit bald staader wern —
nach Schnee riacht scho der Wind.

Trinkt's no a Bier und trinkt's an Wei
und g'freuts enk no am Lebn;
heut is der Tag von Sankt Kathrei,
a Ruah müaßts nacha gebn.

Geigerl, geh in dei Kastl nei,
Trompetn, pfüad di God,
und Klarinetterl schlaf recht fei
beim Baß und beim Fagott.

Jetzt is di Zeit a Zeitlang staad,
jetzt blast der Wind alloa
und bloß der Schnee, der tanzt und waht
um d' Felder und um d' Stoa.

Jetzt is a Rast fürs inner G'müat,
da braucht koa Musi geh,
bis d' Christnacht kimmt und 's Weihnachtsliad.
Gel, Geigerl, da spielst schö ...

A boarischs G'spenst

Wenn auf d' Nacht d' Nebi schleicha rum,
dann gehnga aa de G'spenster um.
Der Wind waht kalt, de Luft is feucht —
a so a G'spenst hat's aa net leicht.
Es geistert vorn und geistert hint
und suacht, ob's net a Fleckerl findt,
wo's vielleicht auf a kloane Stund
nomal leibhafti rast'n kunnt. —
Beim Ofa hint, da waar's halt recht,
da aber hockt halt scho der Knecht.
Der riacht so viel nach g'sund'm Lebn,
da konn si 's G'spenst net lang derhebn;
da kriagat's wieder Hoamweh schier
nach warme Füaß und a Maß Bier.

Beim Wirt schaugt's jetzt zum Fenster nei
und denkt si bloß: „O mei, o mei,
da bin i aa des öftern g'sess'n
und hab a Mordstrumm Hax'n g'fress'n
und na sechs Halbe abig'stellt;
oh, pfüat di God, du schöne Welt!" —
Jetzt schaugts no beim Tarocka zua;
der Förster, der hat Trümpf grad gnua,
der Lehrer hat an Zehner hint,
was wett ma, daß er'n no verschindt?
Der Pfarra sticht'n mit der Sau!
Der Dackl unterm Tisch sagt: Wau!
Und wuiselt staad und stellt die Haar.
Der Wirt moant: „Siehgt er G'spenster gar?"

Da kriagt dees arme G'spenst an Schreck
und waht vom Fenster wieder weg. —
Jetzt hockt's am Dach drobn, ganz alloa,
und denkt si: „Was soll i jetzt toa?"

Es graschbit a weng hin und her,
es hat koa Freud am Geistern mehr.
Schnell wischt's zur alten Stasi nei,
de aber kimmt mi'm Weihbrunn glei
und holt an Weihrauch aus der Büchs.
's G'spenst denkt si: „Dees war wieder nix!"
Jetzt schleicht's in Stall no, hinterm Haus —
da schlagt der Bräunl nach eahm aus
und wia's an Husch auf d' Seit'n macht,
kraht no der Gockl bei der Nacht. —

Zum Schluß hockt 's G'spenst vorm Friedhofstor;
es kimmt eahm schier unheimli vor.
Stockfinster is's, weitum koa Liacht,
daß si 's G'spenst vor eahm selber fürcht.
A Käuzerl schreit, a Hofhund kläfft —
dees Geistern is a unguat's G'schäft!
So wart's und friert's, bis d' Kirchturm-Uhr
laut „Oans" schlagt, nacha hat's sei Ruah!

Die heimatlose Alte

A ganz kloans Häusl möcht i halt,
an Ofa mit a schöna Gluah,
an Stuhl, und drauß'n an der Wand,
schö aufg'richt grad gnua Torf dazua.

A Uhr mit G'wichter hätt' i aa,
der Perpendikel gaang schö staad,
und auf der Oo'richt staand mei G'schirr,
weiß, blau und g'scheckat, wia ma's hat.

Und Arbat hätt' i aa grad gnua
bis sauber waar dees ganze Haus,
der Ofa und mei G'schirr dazua —
weiß, blau und g'scheckat glanzat's raus.

Und erst auf d' Nacht, da waar's halt schö
beim warma Ofa und bei mir.
I hätt' mei Bett, mei Uhr taat geh
und auf der Oo'richt staand mei G'schirr.

Jetzt tapp i halt im Nebi zua,
koa Haus is da, der Weg voll Stoa,
der Wind macht müad und gibt koa Ruah
und i bin mutterseeln alloa.

Du liaber Herrgott, sei so guat,
i bitt' di alle Tag und Nächt,
wenn's stürmt und schneibt und regna tuat:
a Häusl waar's halt, was i möcht.

(Nach einem englischen Gedicht von Padraic Colum)

Waldweihnacht

Der Schnee, der is g'falln,
der Wind hat si draht,
muaßt Schneeroafa schnalln,
is alles verwaht.

San d' Reh nimmer scheu
und san freundlicher g'stimmt,
de kriagn halt a Heu,
wann 's Christkindl kimmt.

De kriagn halt a Leckn,
statt Guatl vom Baam;
an Hutzlbrotweck'n,
den fressat'n s' kaam.

Und Christbaam ham s' eh,
de san aufputzt grad gnua
mit glanzat'm Schnee
und mit Sterndln dazua.

Weihnacht

Jetzt is 's, als ob im weiten Land
an jedem Weg a Engl staand
und in der Fern und in der Nah
da hörst a hoamlich's Gloria.
Der Rehbock drinna, z' tiefst im Wald,
stellt seine Lauscher und verhalt,
und a kloans Graserl unterm Schnee,
dees g'spürt nix mehr vom Winterweh;
es traamt so süß, es waar a Heu
und dürft dem Christkind Bettstrah sei'.
Und jetzt siehgst drobn am Firmament,
daß aa der Herrgotts-Christbaam brennt.
Zünd aa dein Baam oo, halt di staad
und spür nix mehr wia Gottes Gnad.
Tua ab die Hetz, den falschen Schei'
und laß dei Herz a Kripperl sei'
und horch auf Gottes leisen Schritt,
wenn 's Jesuskind um Herberg bitt.

A Christbaam

A Ficht'n hat a Schwester g'habt,
de ham's nebn ihrer g'schlagn.
Jetzt hat s' koa Hilf, koan Tröster g'habt
und woant, gar net zum sagn.

Da geht a etli Tagerl drauf —
es war de Heili Nacht —
im Forsthaus drent a Fenster auf,
o mei, war dees a Pracht!

Da steht dees Schwesterl von der Feicht
in lauter Glanz und Schei',
und blüaht in Liachter auf und leucht'
und is oa Seli'sei'.

Und alls is Glück und alls is Freud,
da drent im Försterhaus.
A Bröckerl von der Seligkeit
strahlt aa zum Fichterl naus.

Dem arma Baamerl mit sei'm Klagn
hat's 's Schnaufa schier verhebt.
Es denkt eahm: „I will nix mehr sagn,
seitdem i dees derlebt.

Was wiss'n denn mir Baam im Wald,
wia's unser Herrgott moant,
und wia dees Halleluja hallt,
wenn unseroans no woant."

Ös Leut, denkt's an dees G'schichtl droo
und an den Baam im Wald.
Und nacha schaugt's den Christbaam oo,
wia er jetzt glanzt und strahlt.

Und hat euch 's Lebn an Abschied bracht,
und habt's was Liabs verlorn —
woant's net, denkt's in der Heilin Nacht:
Jetzt is's a Christbaam worn.

Christröserl

I woaß a ganz a hoamligs Grab,
da liegt a Muatta drin.
Da geh i jeden Weihnachtstag,
glei nach der Mett'n hin.

Christröserl blüahn da drauf so schö,
de stört net Eis und Frost,
de leucht'n glückli aus'm Schnee
und gebn an recht'n Trost.

Als wia-r-a Kripperl is dees Grab,
der Schnee is d'Wiagn, so lind,
und 's Röserl, dees liegt drin als Gab,
als wia dees heili Kind.

Dees hat aa Nacht und Kält net g'scheucht,
net Not und Angst der Welt;
dees hat aa tiaf im Winter g'leucht',
daß uns herunt nix fehlt.

So wachst dees Röserl aa ganz staad
und scheucht net Eis und Müah.
Christröserl über Tod und Grab,
vergelt's Gott, blüah nur, blüah!

Zum Heiligen-Drei-Königs-Tag

Jetzt denkt's euch, daß ihr König waarts
und in am Stall a Kind.
Glaabts ös, daß ös aa kemma waarts,
wia deselln König g'schwind?

Euch hätt der Hochmuat net schlecht druckt,
de Roas und de viel Müah.
Ös hätt's da g'wiß net schlecht aufg'muckt
und g'lacht und g'sagt: „Ja, nia!"

Im Stern waar euch koa Wunder g'schehgn
in eurer satt'n Ruah.
Ös waarts in eure Bett'n g'legn
und hätt's euch denkt: „Schei' zua!"

Und wenn's aa koane König seids,
ös machts es grad aso.
A fremdes Glück, a fremdes Kreuz,
dees geht euch gar nix oo.

Ös wißt's net, daß der Herrgott oft
am Weg steht, arm und kloa,
und euch auf d' Prob stellt unverhofft,
und schaugt: was werd's jetzt toa?

A Mensch hat Load, a Viech hat Not,
ös aber hetzt's vorbei —
und kunnt's oft mit am Stückerl Brot
vorm Herrgott König sei.

Die Legende vom Weihnachtsesel

Die Heilin Drei König warn furtzogn kaam,
da hat der heilige Joseph an Traam.
A Engl, der kimmt herg'flogn g'schwind
und sagt zu eahm: „Nimm Frau und Kind
und laaf was d' konnst ins ander Land.
Die Heilin Drei König im Unverstand,
de ham dem Herodes verzählt vo euch;
der laßt euch suacha im ganz'n Reich.
Auf, auf, jetzt derf's koa Ruah mehr gebn,
sunst kost's dem Jesuskind sei Lebn."

Der heilige Joseph derschrickt net schlecht.
Er sagt: „Der Engl moants ja recht,
doch d' Frau mi'm Kind kann no net geh,
dees muaß der Engl do versteh.
Wo konn i bloß a Roß herkriagn,
mir kinna net wia d' Engl fliagn.
Wer kann mir da an Rat wohl gebn,
sunst kost's dem Jesuskind sei Lebn,
koa Bleibats is im Stall mehr da!"
Da sagt beim Ochs der Esel: „I-aa!"
Dem Joseph wern die Augn feucht:
„Ja, Esel, tragst es du vielleicht?"
Der steht glei auf von seiner Strah,
knaukt mit'm Kopf und sagt: „I-aa!"

Der Joseph weckt d' Maria auf
und setzt s' mi'm Kind am Esel nauf.
Hat der aa kloane Schritterl g'macht,
es geht schnell weiter bei der Nacht.
Er hat net bockt und hat net g'rast',
in Gottsnam tragt er halt sei Last;
da werd de Muatta mit'm Kind
eahm seltsam leicht und gar so lind.
So ziahgn s' dahi all mitanand,
bis s' kemma ins Ägypterland.
Da hat der Joseph aber g'lacht;
er sagt zum Esel: „Guat hast's g'macht!"
Und d' Muattagottes streicht eahm schnell
und freundli übers graabe Fell.
's Christkindl busselt'n gar a,
da sagt der Esel glückli: „I-aa!"

Und drum, siehgst wo an Esel geh,
denk an de G'schicht und bleib net steh;
geh hi zu eahm und sei net faul,
gib eahm a Stückl Brot ins Maul
und streich eahm 's Fell und lachn oo,
wia's selmal d' Muattagottes too.
Und is a Mensch in Not und G'fahr,
dann denk, wia's selm beim Joseph war;
bleib wia der Ochs net auf der Strah,
hilf und sag wia der Esel: Ja!
Schaug auf, daß d' net als Mensch und Christ
viel dümmer wia-r-a Esel bist.

Dees bißl Lebn

A bißl wach wern in der Wiagn und woana,
a bißl trinka, na a Schlaf, a kloana;
a bißl wachs'n nacha mit der Zeit,
a bißl lerna scho, was 's Lebn bedeut;
a bißl Lacha und a bißl Müah
und schö staad spanna: iatz kimmt 's Lebn in d' Blüah.
A bißl jung sei nacha voller Muat;
wia san de Tag und wia is d' Liab so guat!
Und nacha Summa-Arbat, hoaß und gach,
da lass'n d' Sorgn und d' Müahsal gar net nach,
bis d' mirkst: der Summa is ja scho im Ziahgn
und d' Jahrl kriagn a G'wicht, je mehr daß s' fliagn. —
A bißl staader werkelst jetzt dahi
und sagst des öftern: wia i jung g'wen bi.
A bißl müad wern derfst jetzt, liegt nix droo,
a bißl schnaufa, wia-r-a alta Moo
und d' Händ in'n Schoß legn, weil s' zu nix mehr taugn.
A bißl rast'n no, a bißl schaugn,
a bißl traama und a bißl sterbn —
und a bißl Hoamaterd'n wern.

Inhalt

Seite	
5	Der Amselmoo
6	Im März
7	Es is halt März!
8	Zum Josephitag
9	April
11	Osterhas
13	Der letzt' Schnee
14	Der Maibaum
16	D'Muattergottes in der Kerschenblüah
18	Schlaf, mei Kindl
20	Der Föhnwind
21	Mond überm Dorf
22	Jetzt blüaht der Hollerbaam
23	I hab mei Herz verlorn
25	So san mir
26	Sommermittag
27	Vor dem Gewitter
28	Die „Brennad Liab"
29	Und 's Bauernmadl lacht
30	Der Stoa
31	A Zithern spielt
32	Am Grabe Ludwig Thomas
33	Sankt Ägidius
34	Der alte Baam
35	September
36	Altweibersommer
37	Herbst
38	Oktoberwind
39	Bauernkirta
40	Er kommt besoffen heim

Seite	
42	Kirta
43	Der Herbst geht durchs Land
44	Der alte Bauer klagt um sein Weib
45	Der alte Bauer redet mit unserm Herrgott
47	Letzte Rose
48	November
49	A Regentag
50	Kathrein stellt den Tanz ein
51	A boarischs G'spenst
53	Die heimatlose Alte
54	Waldweihnacht
55	Weihnacht
56	A Christbaam
58	Christröserl
59	Zum Heiligen-Drei-Königs-Tag
60	Die Legende vom Weihnachtsesel
62	Dees bißl Lebn